Les Fantaisies de
l'ONCLE
HENRI

Texte de Bénédicte Froissart
Illustrations de Pierre Pratt

Annick Press, Toronto, Canada

Copyright © 1990 Bénédicte Froissart (texte)
Copyright © 1990 Pierre Pratt (illustrations)

Annick Press Ltd.
Tous droits de traduction, de reproduction et d'adaptation réservés.

Graphisme: Michel Groleau

Données de catalogage avant publication (Canada)
Froissart, Bénédicte
Les Fantaisies de l'oncle Henri

Publié aussi en anglais sous le titre: *Uncle Henry's Dinner Guests.*
ISBN 1-55037-143-6 (rel.) ISBN 1-55037-142-8 (br.)

I. Pratt, Pierre. II. Titre.
PS8561.R65F35 1990   jC843'.54   C90-094540-0
PZ23.F76Fa 1990

Distribution (Canada et États-Unis):
Firefly Book Ltd.
250 Sparks Avenue
Willowdale, Ontario
M2H 2S4

Achevé d'imprimer sur les presses des
Friesen Printers, Altona, Manitoba
Imprimé au Canada

À Alexis

H

ier soir, l'oncle Henri est venu nous voi

Comme d'habitude quand il soupe avec nos parents, il a fallu se taire pendant tout le repas et écouter la discussion qu'il avait avec eux.

Moi, je préfère quand il vient nous garder le soir. Il raconte toujours des histoires pour nous endormir mais personne ne dort: la maison devient un radeau, nous nous transformons en pirates, le jardin se change en océan, les voisins en baleines...

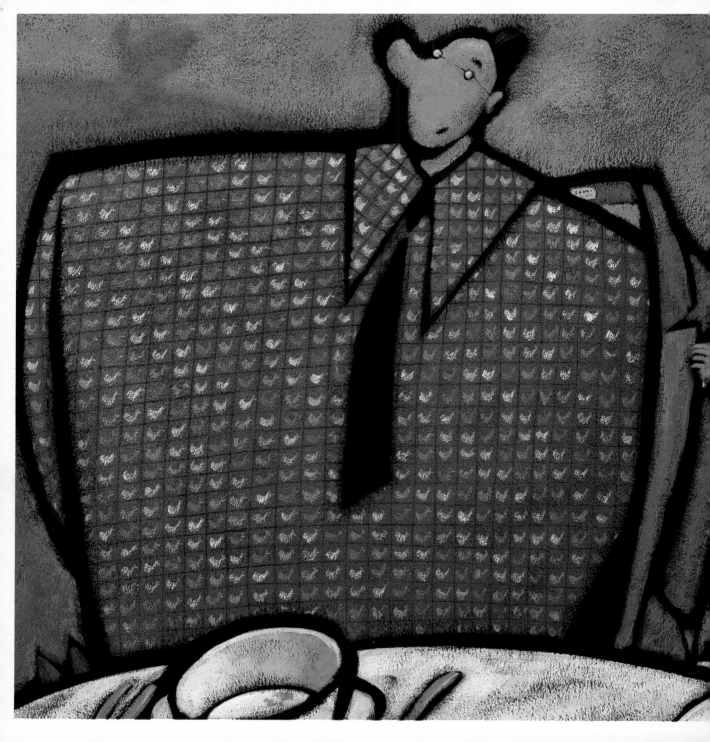

Hier soir, l'oncle Henri avait l'air sérieux. Il portait un costume et une chemise fantaisie.

Une chemise avec des poules!

Il y avait des poules plein sa chemise: des jaunes, des blanches, des rouges et des orange. Elles étaient séparées les unes des autres par une ligne: chacune dans son carré et «les poules seront mieux gardées.» Voilà une fantaisie bien organisée!

Je me demandais qui, de la chemise ou de l'oncle, était le plus étonnant, quand, tout à coup...

Sur le col de l'oncle Henri,

une petite poule orange se met à bouger.

Elle fait une révérence à ma sœur, salue mon frère

et me fait un clin d'œil.

Elle étend ses ailes, puis se dégourdit les pattes

avant de sauter sur le ventre de mon oncle et de picorer

les miettes qu'il a laissé échapper.

L'oncle Henri lâche aussitôt sa fourchette, arrête de parler et se gratte vivement le ventre des deux mains. Ses mouvements deviennent incontrôlables. Une poule qui picore un ventre... ça pique, ça gratte et ça démange! Tout le monde le sait, sauf ma mère! Elle dit à l'oncle Henri: «Oh non! ne commence pas à faire le fou!» Il me regarde, l'air de dire qu'il ne le fait pas exprès pour une fois. Il se gratte de plus belle. Tout à coup, il reprend sa fourchette et son sérieux... la poule a disparu!

On se regarde mon frère, ma sœur et moi.

Naturellement on ne dit rien. Mais, quand je vois la poule sortir fièrement de l'assiette de l'oncle Henri et s'essuyer les pattes avec un sourire en coin, je ne peux m'empêcher de rire. Elle vient de pondre un gros œuf au milieu du coulis de framboise.

L'oncle Henri me demande pourquoi je ris et quelle farce je lui ai encore préparée. Mes parents me demandent de lui répondre.

Avant que je puisse dire un mot, il prend sa cuillère, l'approche doucement de l'assiette, la glisse dans le coulis pour l'amener à sa bouche.

Ce qu'il ne peut imaginer, c'est le gros œuf dans sa cuillère.

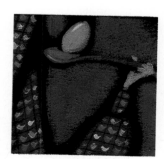

La cuillère disparaît entre ses dents.
Soudain sa joue gauche devient énorme.
L'oncle Henri essaie de parler mais il n'en est
pas capable.

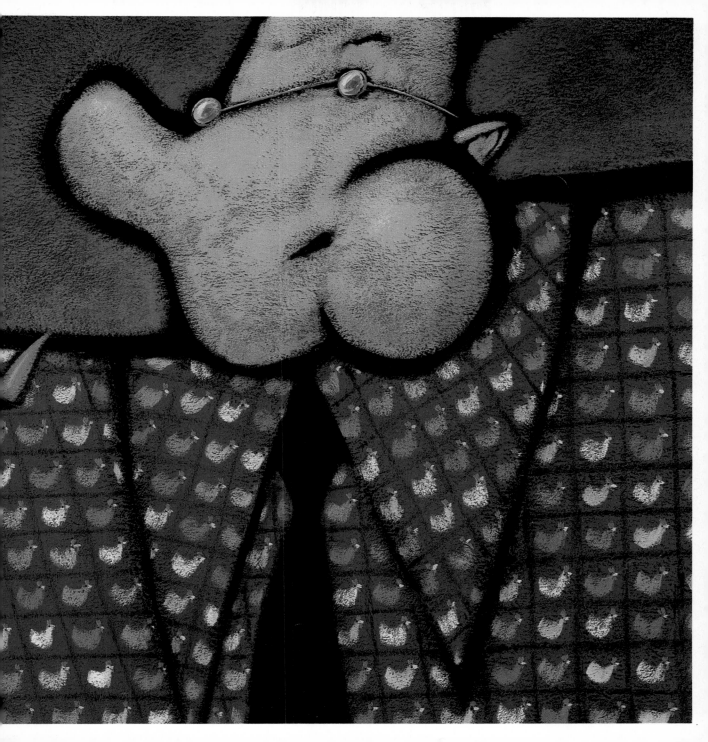

En voyant le visage de l'oncle Henri, toute la famille éclate de rire. Il essaie de retirer ce qu'il a dans la bouche.

Mais un œuf orange, ça ne se laisse pas faire!

«Qu'elles sont drôles, tes grimaces!» dit ma petite sœur, la spécialiste des grimaces à la maison. «Encore, encore!»

Mais un œuf orange, ça disparaît sans prévenir! Mes parents ne trouvent finalement pas très drôles les grimaces de l'oncle Henri. Mon père a même dit qu'il n'aime pas se faire interrompre quand il parle!!!

Quant à la poule, elle n'a pas dit son dernier mot: elle a encore disparu!

Je regarde l'oncle Henri quand j'aperçois la poule sur son
épaule battre énergiquement des ailes. Mon frère aussi la voit.
Il la regarde et me chuchote: «Va la chercher.» Je ne bouge pas.
Il s'impatiente: «VAS-Y!!! Tu n'es pas capable!» Il se lève et
se dirige vers elle en s'écriant: «À l'attaque de
la petite poule orange!!!»

À ce moment précis, on entend un brouhaha, la chemise de l'oncle
Henri se gonfle... et toutes les poules s'envolent. Elles ont l'air fâché.
Elles se dirigent vers mon frère pour défendre la poule orange...

Mon frère a déclenché une explosion multicolore!
Le temps de me retourner, une poule, des poules, des petites poules,
des milliers de petites poules de toutes les couleurs le recouvrent.

Il se met à gesticuler. Les petites plumes le chatouillent. Il se lève,
saute, puis éternue de tout son corps: «At... At At... ATCHI!...
                              Ot... Ot... Ot... OTCHOUM!!!...
                              Ati... Atiti... Atiti... ATICHOUM!

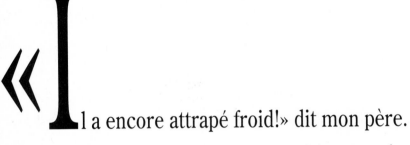

« Il a encore attrapé froid!» dit mon père.

Le dernier éternuement est si fort que les poules sont projetées partout. Certaines se retiennent à la nappe et la tirent de tous côtés.

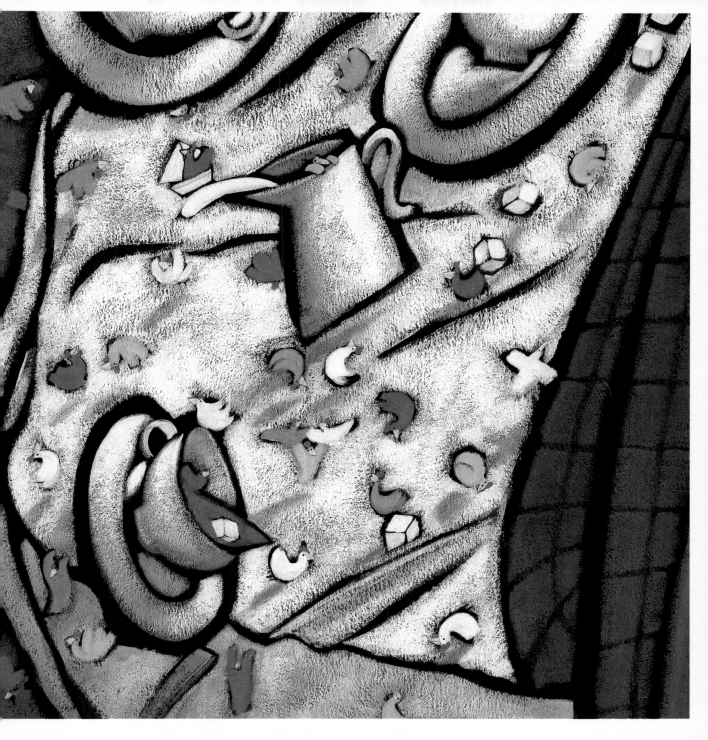

M on père, agacé par les mouvements de mon frère, donne un grand coup sur la table. Nous regardons mon père, la table: les poules affolées courent dans tous les sens...

Soudain l'oncle Henri tousse. Il siffle trois notes: les poules s'arrêtent. Il claque des doigts: elles rentrent dans les carrés de sa chemise.
Nous regardons tous l'oncle Henri, mes parents l'air désespéré, nous, émerveillés...

Les chemises fantaisie ne s'expliquent pas.
Moi, j'ai déjà voyagé sur le bateau de la chemise
de mon frère, et ce fut tout un voyage.

Mais c'est une 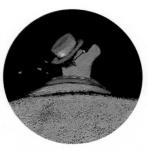 autre histoire...